火炎樹

句集

佐藤文子

Fumiko Satō

東京四季出版

佐藤文子

句集

火炎樹

Fumiko Satō

東京四季出版

火炎樹 ◈ 目次

装幀　宇野亞喜良

句集

火炎樹

かえんじゅ

新年——初芝居の抄

初御空少年の声透き通る

老いらくの恋に終りや初芝居

初芝居一人笑へば一人泣き

極上の肉を叩けり女正月

勝独楽の回り続ける孤独かな

捨てられて凧の拾ひし暴れ独楽

春——雪解川の抄

顔出せば済むと思へり蕗の薹

訣別を繋ぎ止めたり犬ふぐり

別れなど来ぬと思へり忘れ霜

山茱萸や目立たぬやうに生きてをり

春の夜へ逃亡の合図指鳴らす

うららかや手帳の隅に謎の丸

ふるさとの絆解きて鳥帰る

ふるさとは捨てるものなり春怒濤

見送りの一人遅れて春の虹

紅梅に後追ひされて帰られず

阿鼻叫喚総立ちしたるシクラメン

中年の臍にたまりし雪解水

鬼薇《おにぜんまい》開きて縮み爆発す

恋の猫火傷の舌を冷やしをり

我が影も舐め尽くしたり野火の舌

雪解空口笛吹きて帰る鬼

木瓜の花ぽろりころりと本音吐く

まんさくの花のへのへのもへじかな

楤の芽や棘のあるのも誇りなり

逢ふ気などさらさら無しや夕朧

朧夜を中途半端に終りけり

機嫌悪き山を宥めし朧月

何事も無きがごとくに紫木蓮
白椿わたしを本気にさせないで

シャガールの瞳を盗み鳥交る

くすぐれば本気になりて山笑ふ

逢へるまで両手をつきて待つ蛙

トルソーの羽の向かうを流氷来

初雲雀母の手紙は金釘流

菜の花の咲きたる村へ帰りたし

立春の川は光の束となり

風船売お世辞を一つおまけして

風船や結び目取れば狂乱す

昨日までの蝶は男に戻りけり

亀鳴くや男ばかりの終電車

今日は毒忘れて来たり熊ん蜂

春灯や居留守の影の動きをり

緋の椿罪を被りて炎上す

春嶺へ巨岩の意地を張り通す

空つぽの涙袋へ春の水

料峭や足に絡みし博多帯

アリバイの成立したる春日傘

春日傘陰の女を通しけり

奪ひたる恋も捨てごろ雪解川

遠雪崩眠剤一錠では足らず

色即是空目刺の無念晴らしけり

さびしさの縺れもつれて糸桜

山へ山へ山へ一片のさくらかな

憂節の里をど根性桜咲き

花芯まで覗かれてをり夜の桜

始めから出口の見ゆる花トンネル

プライドを傷つけられて散る桜

散る桜散らぬ桜を妬みけり

花吹雪浴びて善女になりにけり

沈む日を引き留めてをり山桜

海神の落し胤なり花海棠

春雨やただ座るだけホテルカフェ

冴返る点滴台を引き寄せて

管一本づつ外されて春となり

春一番麻酔の身体揺り起こす

見舞客拒み日永を耐へてをり

病窓に映ゆ春闘の赤き旗

春眠や寝言に返事してをりぬ

一瞬の命も一生しやぼん玉

泥水も薄氷を得て輝けり

花林檎実になる夢を持ち続け

里を去る春と男と白き雲

春雨の雫したたる忘れ傘

不機嫌なプリンを揺する鎮花祭

草の芽や恋ふ人も無き身軽さよ

夏——火炎樹の抄

大海と知りて戻りぬ蝸牛

葉桜や明日は恋の後始末

葉桜やお辞儀をしても返されず

母無きが時折悔し柿若葉

待たされて微熱の薔薇の散りはじむ

雨上がり独り舞台の踊子草

境界線有耶無耶にして甘野老

痩せ薬干からびてをり聖五月

芍薬へ風の呪縛を解き放つ

整然と捩れてをりぬ捩れ花

風を抱き我が物顔の栗の花

唇のさびしくなりし立夏かな

山法師白きを純血と言へり

柿の花昨日の私に飽きてくる

虞美人草裏切られても裏切らず

銀竜草恐ろしきもの一つ増え

花木天蓼連れの女のまた違ふ

紫陽花の本当の色を知つてをり

ゼラニウム高階の窓に正座して
一本のバラを持たされ宴終る

鳶尾草や用なき男も男なり

少年はや男の匂ひなんぢやもんぢや

青芒何れ君にも老いは来る

ああ言へばかう言ふ男滑歯莧

見ぬ振りに疲れ溜まりぬジギタリス

天蓋花熟慮の末の別れかな

南天咲く介護放棄といふ幻想

草いきれ鬼の住処と思ひけり

突然に逢ひたき電話破れ傘

ライラック追ひつめられて震へをり

片思ひ成仏できぬ芥子坊主

火あぶりの鮎を見てをる男たち

水母から海月の伝言泡ひとつ

憂きことはすぐに吐き出づ鯉のぼり

梅雨の蝶存在といふ軽さかな

香水に纏ひつかれし夜汽車かな

土用波空気の読めぬ女かな

恋心たたみて開く白日傘

白虹の山の彼方を狼狽へて

炎天や父を捨てたる橋に佇つ

水分の足らぬ告白夏大根

仕掛けたる罠にかかりし四十雀

ガリレオの髭艶やかに聖五月

白雲は滴る山の吐息とも

富士山のため息漏るる夏の霧

天を割り山砕きたる男滝

青田風鍵のかからぬ家に住む

白玉や傷つくことに慣れてをり

蠅叩き自責の念にかられけり

良き妻を演じし後の昼寝かな

汗拭けば山姥の顔に戻りけり

短夜のテレビに返事してをりぬ

帰省子や腰のタオルの黙しをり

たましひの色を真似たる蛍の火

この指に止まらぬ揚羽殺めけり

風鈴の舌の縺るる隠れ宿

火炎樹や愛されぬまま髪を梳く

蓮の花根も葉も見えぬ噂かな

裏道を逃げたる途中の蛇に遭ふ

饅頭に手を出す癖や走り梅雨

ずるずると逢ふてしまへり青嵐

五月闇ほどけぬ紐を弄ぶ

夏の夜の枕の下の手紙かな

水無月やくちびるふいに奪はるる

赤き舌出して踊れり江戸風鈴

風鈴や忘れし頃に一つ鳴り

人死にて新茶渡さる昼下がり

崩るるも味は変はらぬ冷奴

夫の汗拭くこんなにもやせ細り

渓深し緑の風を生み続け

濁り鮒上手に泥を吐かせけり

梅雨の夜や濡れて光りしマンホール

香水を一滴あの人殺すため

ハンカチを渡され何の合図かな

サングラス外せばただの男なり

暗がりを探してをりぬ熱帯魚

白日傘たたみて胸に飛び込めり

帰り来て目高と目が合ふ夜半かな

驟雨来て乾きし土の目覚めけり

許し合ふ夜や窓辺を雷走る

夏の宵足音だけがつきて来し

さよならは声を出さずに大西日

目覚むれば母の優しき団扇風

大花火髪の芯まで火の匂ふ

晩夏光背丈も影も縮みけり

夏落葉一期一過のホーチミン

直進を美徳としたり心太

隙あらば蔓の纏はる縷紅草

無言の森朽ちたる椅子を蟻の這ふ

涼風の不意に過ぎたる無言館

わがままを許してしまふ罌粟《けし》の花

昨日の敵味方にしたる鬼虎魚

金魚には成れぬ銀魚や大都会

這ひ上がる蟻をつぶすか逃さうか

秋——煙茸の抄

うそ寒や箒で掃かるる父の骨

大花野溜めたるはずの涙出でず

初秋や木綿のシャツに皺少し

黙を決め無限へ溶けてゆくとんぼ

追ひかけてならぬ尾灯や星月夜

行先を感づいてをり残る虫

朝霧や二人の仲は踏み入らず

流星や飛び込む胸を間違へて

燃ゆるまで時間のかかる花カンナ

晩秋の机上に父の指輪置く

海抜も風速もゼロ紅葉谷

身を躲す術無く風になる紅葉

嘘泣きの涙は乾く流れ星

独り居を邪魔せぬやうに咲く野菊

身を引くと決めて眉引く霧の朝

二百十日今朝も弁当持たせけり

淋しさも混じる葡萄の房の密

生国を封印したる曼珠沙華

洋梨や摩耗劣化の平和論

肝心のことには触れず霧流れ

掌中の玉を落とせり雁渡し

倒木の紅葉一枚生きてをり

桐一葉落ちて行方の定まらず

常念岳の裾を乱せり鳥威し

税務署の窓に映れる富有柿

豊の穂を自由自在に蝗かな

新涼の手を触れ合へり道祖神

神の旅座敷童子は居残れり

くちびるを盗みに行けり神の留守

南瓜切る今も喧嘩は続きをり

ストレスの強きものより紅葉す

笑み栗の顔をつぶしてしまひけり

水の秋やうやく濡れ衣乾きをり

天高し礼拝堂のミナレット

アヤソフィア不生不滅の秋の雲

月光に濡れて腰振るベリーダンス

抱擁を解かれ松虫集きけり

どの道も故郷に似たり鰯雲

追ふよりも追はれてみたし赤蜻蛉

葛の花裏も表も悪女なり

新月や生煮えの肉裏返す

泥沼の上の満月かき回す

世を乱すことが役目や曼珠沙華

酔芙蓉裏切ることはお手のもの

渡されし合鍵合はず萩の家

足がつくことは畏れぬ鳥兜

心ここに無き人とをり女郎花

手荷物はだんだん減らす蠡斯

躓きし石持ち歩く十三夜

相続の話に入らぬ鬼やんま

草の罠ほどきて月を通しけり

ホスピスの窓少し開く秋日和

夫の恋大したことなし秋刀魚焼く

松茸の素姓は問はずすまし汁

煙茸魔女は箒を忘れ来て
きれいごと受け入れられぬ薄紅葉

心して母を見舞へり秋の潮

葉鶏頭中途半端に燃えにけり

燃え尽きて退屈したる衣被

辻褄を合はすくちびる秋の風

暗がりに辟易したる穴惑ひ

野分晴鬼の心を捨てに行く

ななかまど今夜こそはと燃えにけり

すぐ人を信じてしまふ泡立草

日の当たるところに傾ぐ女郎花

彦星や頬に口紅ついてをり

絡むだけ絡んでをりぬ葛の花

月天心働きづめの手を洗ふ

野仏の両手に溢るる月光かな

眉月や気になる人を目で追へり

山の襞深まりて行く愁思かな

蓑虫に顔を見られてしまひけり

安物のせんべい欲しがる牡鹿かな

無花果の血は潔白の証かな

つつかれて口を割りたる青あけび

霧襖静かに開く観音堂

火中の栗摑みて捨て場無かりけり

逃げ道を待ち伏せしたる草虱

冬——海雪の抄

ファックスを出てくる百万枚の枯葉
一枚の枯葉となりし慕情かな

冬初め鬼の出て来ぬかくれんぼ

雪深し獣になりにゆく夕べ

天狼星こんなところに来てしまひ

薄目して抱かれてをりぬ散紅葉

隙間風胸に置かれし手を外す
紅つきしコップを片付け冬の朝

風花やときどき人を疑へり

人を見て逃げる黒猫冬ざるる

湯冷めして骨の髄まで棒になり

うしろより摑み捨てたる冬の蝶

縺れたる糸は切りたり凍てし夜

一族を離れし白鳥恋路かな

天の意は雪嶺にありバッハ聴く

葱太しつかみどころの無き男

火事を見て立ち去る男髪匂ふ

見たく無きもの見てしまふ熊の爪

顔見られ開き直りし海鼠かな

餅肌をこれ見よがしに眠る山

海雪や沈まぬ太陽促して

狸穴覗きて帰る大都会

凍滝のその気になれば溶け始む

大氷柱舐められてをり神の牙

裸木の瘤を太らす夕日かな

雪女後ろ姿は赤き影

木枯しを連れてブセナの海に立つ

つぶされし人形焼を抱く師走

別れたる人も来てをり焚火の輪

村時雨老木ひそと倒れけり

故郷へ続く道なり雪激し

ロシアより飛び来て白鳥寡黙なり

冬桜目立たぬやうに生きてをり

人に慣れ風に慣れたる雪信濃

夜の帳押し上げてみる雪木立

蜜柑剝く小さきことは忘れたり

いやし火へ身投ぐる落葉叫喚す

清潔を保てり本家の大氷柱

閻魔様出かけてをりぬ雪地獄

枯葉舞ふ神のお呼びの来る日まで

真夜中の交通情報どこも雪

寒林や聞き分けてをる靴の音

凍てし夜や押し付けられし村の役

合鍵を回す音せり雪しまき

天辺に陽を片寄せて細雪

追ひ風は必ず来たり石蕗の花

冬の灯や声を殺して泣きてをり

地に還る枯葉は一度天を舞ひ

失ひしボタン出で来る枯野原

天命を知りて零るる実南天

王様の耳のはみ出す耳袋

哭く海へ石を投げたり時雨月

冬三日月星の口づけ逃げてをり

虎河豚やほんの少しの毒愛す

生きたくて冬の紅葉は緋を刻む

酸素マスクそつと外さる冬灯

白鳥や汚れし顔の上げられず

白鳥の瞳の濡れて飛び立てり

木の股を微熱の雪の降り積もる

ふるさとの海を背負ひて夜鷹蕎麦

雪嶺や回転ドアに押し出され

鯛焼をふたつ買ひたる一人者

約束は果たすものなり波の花
夕時雨からめし指を解きけり

埋火の突如炎を上ぐ別れの夜

はつ冬の月は静かに山離れ

風花や容易に外れぬ鬼の面

はじめから縁の無き人大根炊く

冬うらら六根清浄口ずさむ

朽野やゴム跳びをして空を蹴り

再起動までレム睡眠や熊穴に

山の端やオトコヨウゾメ沈思して

戻る道ありて戻らぬ虎落笛

雪しまく出雲に神の宿泊所

湯婆を足蹴にしては抱き寄せり

湯ざめして身体の芯まで棒になり

火遊びに飽きて焚火を踏み躙る

風が泣く夜はみかんとチェーホフと

大根干す寡婦に力を貸しにけり

寒月光湯船に一滴かきまぜて

再会の窓を真冬のゲリラ雨

大根炊きいづれ一人になる夕餉

気持ちよく他人に譲る寒玉子

火炎樹　畢

あとがき

平成から令和になる五月一日、私はカンボジアのアンコールワットに、そしてベトナムのハノイへ旅をつづけていました。その途中、とある公園で真っ赤な花をつけた「火炎樹」に出会いました。大樹でありながら、人知れず、目立たず佇む木。私はその木に心ひかれました。丁度句集出版を考えていたところだったので、迷わず句集名を「火炎樹」としました。

この句集は二十五年ぶりの第三句集。この間、とにかく多忙の日々でした。信濃俳句通信を創刊して、三十年余が過ぎ、句会の充実、俳誌の発行など自分を振り返るゆとりがありませんでした。

句集は、作品の集大成であり、心の軌跡でもあります。あるいは自分史のようなところもあります。それだけにまとめるには、相当な体力が必要でした。

このたびは自然風景だけにとどまらず、心の風景にも挑戦しました。事実とも非事実とも知れぬものを描きたかったのです。

長い間、お世話になりました穴井太師は、亡くなられて、相談する人もいず、二千以上の句から自選してまとめましたが、信濃俳句通信副主宰の中村和代さんにお世話になりました。病身を押してのご協力に心からお礼を申し上げます。

この句集出版は東京四季出版の西井洋子社長のお勧めもあり、実現しました。また高名なイラストレーターの宇野亞喜良先生をご紹介いただき、表紙絵、装丁デザインをお引き受けいただくことが出来ました。若い頃からの憧れの存在だっただけに何よりも嬉しく思いました。心より感謝申し上げます。

俳句的な生活も五十年以上になります。何事も一人ではできません。こうして継続できたのも多くのみなさまに助けられ、また、家族の協力があってこそだと思います。感謝、感謝であります。

改めて西井洋子社長、編集ご担当者に大変お世話になりお礼申し上げます。

令和元年九月　吉日

佐藤文子

著者略歴

佐藤文子　さとう・ふみこ

昭和二十年　三重県生れ。北九州市に育つ
　　京都女子大学卒、大阪市大大学院中退
昭和四十二年　天籟通信入会。穴井太に師事
昭和六十年　信濃俳句通信創刊、主宰
　　天籟通信新人賞、天籟通信賞受賞
句　集　『邂逅』『火の一語』
エッセイ集　『風のロンド』『明日は日曜――穴井太聞き書きノート』
　　『風のエチュード』
松本文化芸術協会文学賞受賞、松本市芸術文化功労者表彰
甲信地区現代俳句協会会長、現代俳句協会会員、現代俳句協会理事
才能教育研究会理事、日本文芸家協会会員

現住所　〒390-0804　長野県松本市横田一―二八―一

現代俳句作家シリーズ　耀 2

句集　**火炎樹**　|　かえんじゅ

令和元（2019）年 10 月 1 日　初版発行

著　者 | 佐藤文子

発行者 | 西井洋子

発行所 | 株式会社 東京四季出版

〒189-0013　東京都東村山市栄町 2-22-28

電話：042-399-2180 ／ FAX：042-399-2181

shikibook@tokyoshiki.co.jp

http://www.tokyoshiki.co.jp/

印刷・製本 | 株式会社シナノ

定　価 | 本体 3000 円＋税

ISBN 978－4－8129－0958－4